洞村의 바람소리

洞村의 바람소리

지현경 첫 시집

대양미디어

머리말

글재주 없는 사람이 시에 매달려 시를 쓴다고 연필을 굴리면서 쓰고 또 써봤다.

마음이 곧아야 글도 바르게 쓰이는 법인데 사는데 급급하여 내 마음을 어떻게 풀어야 할지 나도 몰랐다. 늦기는 하였지만 그러나 가슴을 다독거리며 차분하게 써봤다. 잔잔한 울림 같은 것은 찾지 못하였어도 시를 쓸 때면 마음은 하늘을 날아가는 것 같아서 그랬다.

하지만 꼬불꼬불 제멋대로다.

움푹움푹 패이고 군더더기가 자꾸 붙어서 아무리 메우고 깎아 봐도 딱히 어떤 재주마저 보이지 않는 것만 같았다. 한발 띄고 두발 띄어도 맛난 글이 안 나왔다. 글쟁이가 되지 못하는 것 같아 스스로 마음이 굳어진 적도 많았다. 어떻게 해서라도 끝장을 보려면 눈마저 희미

해져 쓰던 글조차 금방 도망가고 말았다. 이렇게 어려운 줄 알았더라면 차라리 그만둘 것을… 그래도 머리를 싸매고 고집을 계속 부렸다.

허덕이는 삶 속에서 몸조차 성한 데가 없어 책상머리에 앉으니 보이는 것도 없었다.

그나마 남겨 두고 싶었던 시편들을 쑥스럽지만 세상에 내 보낸다.

많이 부족하다는 것을 알면서도 이것은 나의 호흡이고 나의 흔적이기 때문에 나는 천금같이 여긴다. 시란 아무나 쓸 수는 있지만 그렇다고 아무렇게나 쓰는 것이 아니라는 것 잘 안다. 하지만 이왕 들어선 길 끝까지 써 볼 것이다.

나의 시를 읽어 주실 분들께 진심으로 감사드린다.

그동안 따뜻한 이웃이 되어 주신 지인과 향우님들께도 고마움을 전한다.

마른자리 진자리 삶을 함께 해 준 아내, 아울러 옥 같은 딸 아들들에게도 이 시집을 남긴다.

2015년 9월

지 현 경

7

차 례

1부 그리운 곳, 그분들을

2부 전해 받은 느낌으로

3부 살며 부딪치며

4부 여기까지 오고 보니

5부 세상에 던지는 말

제 1 부

그리운 곳,
그분들을

동촌洞村 마을

꽃 피고 나비 나네
뻐꾹새 노래하네
따뜻한 인정 속에 해가 뜨는 고향 산천

두 주먹 빈손으로 야간열차 잡아타고
울면서 떠나 왔네
어릴 때 내 자란 곳

괄시 많은 타향살이 사십 여년 지나가도
내 고향엔 푸른 물결 춤을 추는 정남진正南津
꿈에서도 찾아가는
머나먼 동촌洞村* 마을

고향의 풍년가가
바람 타고 들려올 때
숱하게 썼다 버린 망향의 편지지들

어려움을 이겨내고 홀로 선 이 자린데
어머니 안심 하세요
성공하여 가겠습니다

(2009. 5. 25)

＊ 동촌(洞村) : 전남 장흥군 관산면 동촌, 저자의 고향.

아버지와 나

겨울 방학이 돌아오면
꼭 하는 일이 있었다
아침바람 차가워도 지게 지고 나가야 했다
가까운 산에 올라 돌 한 덩이지고 내려왔다
날마다 오전 오후 두 번씩 져서 날랐다

모아 둔 돌덩이
논 밭둑에 방천* 했다
물 흐르는 도랑가는 큰 돌 골라 쌓았고
그 위에 놓는 작은 것은 내가 져 온 돌을 사용했다

여름에 홍수 나면
사방 둑이 무너지기에
비 안 오는 겨울에 방천 일을 하는 것이었다

해마다 쌓고 쌓았다
아버지와 둘이서

---

* 방천 : 논둑 밭둑 보수공사 하는 것을 말함.

아버지·1

한평생 정직을 몸에 담고 사신 아버지
동네 사람들 우리 집 오면
꼼짝달싹 못했다

반듯하게 걸어라
거짓말 하지 마라
심부름해도 정확하게 빈틈없이 잘해라
무릎을 꿇려놓고 귀가 따갑도록 훈교했다

친구들과 놀다 오면 꾸지람은 보통이고
노는 것은 쓸데없는 것이라 꾸짖으시던 아버지
평생을 가르치시다 가신
근엄했던 아버지
지금도 내 앞에는 아버지가 계신다

어렵고 힘들 때 곁에 계신 아버지
그래서 세상에 제일 좋은 아버지
매 들고 호령할 때 나는 잠만 잤지만
게으름 피우고 놀다 와도

언제나 아버지 아들이었다

배고파 어머니 밥그릇 반을 퍼서 더 먹은 후
슬며시 잠이 들어 모든 것 잊었을 때
어느새 부르셨다 아버지 그 음성

저녁마치고 두 시간 후면 사랑방으로 부르셨다
친구들과 들로 산으로 놀다 온 아들을
두세 시간 밤늦도록 훈교 하셨다
얼마나 지났을까 아버지 목소리가
귓전에서만 어렴풋이 맴을 돌고 있었다

말씀은 아버지가 하시고 졸기만 하다가 맞은 매
매 맞으며 놀던 시절을
한없이 후회한다

칠십이 되고 보니 그때의 그 말씀들
어디론가 흔적 없이
몽땅 다 가버렸다

정신 차려 둘러봐도 계시지 않는 아버지
어릴 때 듣던 말씀을 곰곰이 생각해도
흐려진 머릿속은
빈 장부만 같구나

아버지·2

즐겨 피우신 풍년 초
칠십 둘에 끊으시고
평생을 새벽 운동 철저히 하여 구십까지
건강을 지키시다 극락으로 가신 아버지

그동안 이 아들은
뭐하며 살았을까
수많은 가르치심 냇물에 흘려보내고
몇 말씀 머리에 어설프게 조금남아
그것으로 정신 차려 실천하고 있습니다

청렴하게 살려고 아버지 그 말씀을
오늘도 떠올리며
두 귀를 새웁니다

아버지 말씀 중에

"거지도 따뜻하게 대하거라…그러면 복을 받는다."

6·25사변 후 나라는 어려움에 처해 있었다 참으로 비참한 시절이었다 피난민들이 남쪽으로 내려와서 옹기종기 모여 살았다 먹을 것도 없고 입을 것도 귀하던 때였다

거지들은(일명 동냥치라고 부름) 아침부터 대문 열고 들어왔다 어머니는 아껴 둔 곡식을 조금씩 나눠주셨지만 하루 이틀… 거지들은 시도 때도 없이 계속 왔다

아버지는 가끔씩 거지들과 정답게 이야기를 나누셨다 어떤 거지는 깊이 있는 이야기를 하기도 했다 수년을 지켜봐도 변함이 없으셨다 이때 듣고 얻은 정보를 말씀해 주셨다 나라가 시끄러운 일, 어떤 곳은 가뭄이 심하다는 등… 살기가 각박하여 어렵던 시절 거지들은 팔도를 돌아다니면서 직접 보고 듣고 아는 정보를 자세하게 알려주고 갔다 어느 지역에서는 큰 사건이 났다고 하기도 하고 또 어느 지역은 돌림병(유행성)이 돌고 있다고 하고… 시골에는 소식이 깜깜한 시절 이렇게 거지들이 알려주

고 갔다

때로는 농사짓는 새로운 방법도 알려주기도 했고 씨앗이며 비료 쓰는 법, 농약 쓰는 법 등 각 지역에서 사용하는 방법을 알려주기도 했다 어떤 거지는 선비 같았는데 말도 잘했다 식견이 높아 동냥치(거지)를 아버지 방에 들어오게 하여 날 새도록 이야기를 나누시기도 하셨다

아침 일찍 아버지는 나를 부르셨다. 동네 나가 씨암탉 한 마리를 사오라고 하셨다 어렵던 시절이라 닭고기는 명절에나 먹을 수 있었던 것이었다. 그런데 닭 한 마리를 잡아 거지를 대접하셨다 오늘은 훌륭한 선비님을 만나 뵈었다고 기뻐하셨다. 갈 때는 여비도 주는 것을 여러 번 봐 왔다 그래서 동네 어른들은 시간이 나면 항상 우리 집으로 모여와 세상 돌아가는 소식을 들었다

통신망이 없던 시절이라 정보가 어두웠다 이야기 속에는 살아가는 데 도움이 되는 상식의 말들이 한두 가지가 아니었다. 동네 사람들 중에 중환자가 있을 때는 침도

놔 주었고 단방약 처방도 알려 주었으며 또는 선산에 묘를 이장할 때는 명당자리를 잡아 주어 후손들이 복을 받아 부자가 된 집안도 있다고 들었다

소식 들을 기회가 없던 시절이라 세상 돌아가는 이야기를 알려주니 어찌 거지라고 괄시하겠는가 사랑으로 친절히 대해 주면 밥값을 꼭 하고 갔다 그래서 아버지 하신 말씀이 거지라도 냉대하지 말라고 하셨다 사람은 너나 나나 차별이 없는 것이니 돈이 있다고 돈이 없다고 차별하지 말라 하셨다
동냥치도(거지) 박대하면 죄 받는다고

엄마

엄마의 품속에서
들려오던 심장소리
놀라 잠깬 어린동자 큰 꿈을 안았었네

엄마 얼굴 쳐다보고 다시 또 쳐다보고
말은 늦어 말 못한 채
웃음 짓던 어린동자

엄마 눈 쳐다보고 또 다시 눈 맞추고
세상에서 제일 행복
나의 엄마 품이었네

천만년 세월가도 모습 변하지 않는 것이
나에 대한 엄마사랑
하늘같은 엄마사랑

돌아오는 길

새벽에 들로 나가
종일토록 김을 매며
거친 밭 일구다가 괭이 매고 오는 길

풀 무성한 둑길에
저녁 이슬 흠뻑 내려
흙 묻은 바지 깃을 축축하게 적신다

작업복은 땀에 절고
몸은 녹초가 되었지만
가을의 곳간들이 가득하면 좋겠다

좁은 길 비춰주듯
뒤따르는 달과 동무하며
풍성한 추석 명절을
어린아이같이 그려 본다

동창생

학창 때 꿈 그릇이
아직도 철철 넘친다

같은 반 친구들
허물없이 모여 앉아
간직했던 미래를 다시금 펼쳐 본다

모두가 최고 되려고
지루한 선생님 말씀 듣다가
하굣길 빵집에 앉아 먹던 맛 일품이었다

가슴에 남은 꿈들을
두고두고 그린다

학창시절

학교가 우리 집 바로 뒤에 있어서 다니기가 편했다 아버지가 정한 자리에 국민학교를 지으셨다 여섯 개 마을 어린이들이 함께 다니는 학교였다 처음에는 전라남도 장흥군 관산면 하발리 고읍 공립보통학교 부설 영성간이학교였다 1936년 5월 15일 개교했으며 학교는 하발리가는 길목에 있었다 학교는 검사檢事 지영구 나의 할아버지가 지으셨고 관사는 아버지(池 冨字主字)가 지으셨다 7년 뒤 1943년 4월 1일 현재 있는 관산면 하발 2구 동촌에 관산동국민학교가 개교했다 이 자리는 아버지가 지정하여 잡으셨고 땅 매입자금은 6개 마을에서 마련했다

우리학교는 시골학교인데도 활력이 넘쳐났다 학창시절, 나는 학교가 내 놀이터였다 나무도 심고 그림도 그리고 노래도 부르며 배구도 했다 나는 많은 꿈을 이곳에서 꾸었다

세월이 흘러 지금은 비워 진 학교!
그리운 초등학교 때를 오늘도 회상하면서 그 옛날 동무들을 머릿속에 그려본다

향우회

때만 되면 모여드는
향우회의 회원들

조용함 속에서 고향을
그려야할 향우회가
선거철만 돌아오면 북새통이 되어버린다

모여라 모이자 대놓고 외쳐대도
자리도 안 차던 회의장의 빈 공간
때만 되면 언제 왔는지
앉을 곳이 없게 된다

보고 싶은 얼굴 모여서 쌓인 정담 나누고
그리던 고향 소식 친구로부터 전해 듣고
부모형제 걱정하는 모임
향우회라 이름 붙였다

잿밥에 눈이 먼 꾼들이 모여들면
눈살이 찌푸려지고

김이 새어버린다

그러나 향우이니
내칠 수가 없구나

둥지

성공의 꿈을 안고
호남에서 서울로 왔습니다
배고픔과 서러움 이기기 위해 왔습니다

드넓은 벌판과
살기 좋은 강서江西가 눈에 들어
여기에 둥지를 하나 둘 틀었습니다
그리고 잘 살아 보기 위해서 옹기종기 모였습니다

주렸던 배 채우고
따뜻한 옷 이제 입으니
더욱 더 큰 꿈 새롭게 꾸어집니다

우리는 언제나 준비해야 합니다
희망의 꿈들을 속히 실현해야 합니다
행복은 누군가가 그저 주는 것이 아닙니다
준비하는 사람만 가질 수 있는 보뱁니다

우리 모두 다 함께

희망의 나래 펼 날 오기를…

머지않아 그날이
우리에게 꼭 올 것입니다

조기축구

새벽에 공을 들고
운동장으로 나간다

모여든 회원들 서로서로 인사한 후
둥근 공 하나로
웃고 즐기는 조기축구

헛발질을 하다가
배꼽 잡고 웃어보며
첫 골을 넣고서 기분 좋아 웃고 웃고

삼각 패스하는 중에 빼앗겨서 또 웃고
백패스 잘못하여 자살골에 웃고 울며
문전 패스 공 놓쳐
한 골 먹어도 웃는다

한 시간 운동하는데 60분 내내 웃으니
운동 중에 최고 운동
조기 축구뿐이다

강서축구연합회 60대

나이가 많다고
노년이라고 부른다

20에서 39세는
청년부라 부르고
40에서 49세는 장년부라고 칭한다

50에서 59세는
노장부라 했으며
60에서 69세는 노년부라 말한다

나이별로 부른 이름을
어느 누가 지었을까?

69세 노년부는 대접이라도 받는데
70세가 넘어서면
이름 내놓기도 어렵다

강서구 70대는 나이 제한이 없어

막차 타고 가는 인생
실버 팀이라 부른다

그래서 지현경이가
요단강 팀이라고
이름 하나를 더 지어 붙였다

어느 시인 · 1

가려해도 가지 못하고
보자 해도
볼 수 없네

오늘은 어깨 허리
얼마나 아파옵니까?

농사가 싫어서
서울로 온 지현경은
농촌은 좋아해도 농사는 정말 싫답니다

씨 뿌리고 가꾸는 건 아름다운 맘이지만
농약 없이 농사는 지을 수 없는 현실이니
농촌의 삶이란 건
말처럼 쉬운 게 아닙니다

지금도 이 생각을
지울 수 없으니 하는 말입니다

어느 시인·2

어떠한 한 시인이
산골에 잠겨 살고 있다

조용한 초야에서
씨 뿌리고 김을 매며
오고가는 바람을 욕심 없이 담고 있다

세상은 급변하는데
돌아앉아 외면한 채
풀들과 말 나누며 하늘을 뒤적인다

그대는 누구인가
자아를 곰곰이 돌아보며
괴롭고 고된 삶을 회고해 보기도 하면서
산 능선 끝자락을 걷고 있는 그 사람

가곡천 굽이진 물에
마음 흘러 보낸다

설곡雪谷에 은둔한 시인

눈 속에 묻힌 몸이
백설 되어버렸나

홀랑 벗고 다시 태어나
새사람 되어보세요

오늘의 꿈을 꾸며
늦기 전에 세상 보고
다른 길 택하여 꿋꿋이 걸어 가보세요

새로 난 소년 되어 서울로 돌아오면
글쟁이 되지 말고 재벌로 변신해서
남은 생 풍족한 삶
오래도록 즐겨 보소

눈 골의 어느 시인

봄은 다시 왔지만
돌아오지 않는 그 사람

눈 골에 서려있는 애향의 정 때문에
발길을 가볍게
돌리시지 못하나요

부둥켜안고 살았던
옛집이 눈에 밟혀
떠나기 아쉬워서 머뭇머뭇 하는지

오줌똥 가려주시던 노모님 뒤로 하기가
그렇게도 발길을
무겁게만 하는지요

눈물을 감추고 고향 꽃 가득 담고
청춘 흔적 쌓여 있는
서울로 돌아오세요

제 2 부

전해 받은
느낌으로

태동

봄 향기 듬뿍 담고
날아오르는 아지랑이
산중턱 눈이 녹자 봄잠을 일깨운다

복수초 소식 듣고 기지개를 켜는데
들판의 언덕에는 쑥들이 돋아나고
머리를 손질하며
얼굴을 내미는 냉이들

화장한 얼굴로
언제 나와 있었는지
개구리가 돌에 앉아 새 노래를 부른다

늦잠 자던 두더지 놀라 벌떡 일어나
땅강아지 뒤를 쫓아
꽃소식을 전한다

호호방문 잠 깨우던 철 이른 아지랑이
소리 없이 딴 동네로
슬며시 떠나고 있다

튤립

가을에 심어 둔
튤립 꽃 서너 포기
눈얼음 밀어내고 얼굴 쏘옥 내민다

앵무새 부리 닮아 신기한 너의 모습
금세 방긋 내민 머리
해님을 쳐다본다

몇 며칠 햇빛 보듬고
입술을 매만지며
품은 꽃잎 가마 열고 밖으로 성큼 나온다

수선화 매화들도
먼저 와서 반긴다

부지런한 친구들과 봄맞이 나섰지만
겉옷이 얇았음인지
추위에 덜덜 떨고 있다

사과

몸뚱이는 다 같은데
상중하로 나뉜다

상품이란 사과는
강남으로 팔려가고
종로구로 팔려 간 중품이 인기 있다

강서구로 팔려 온 하품사과 한 상자
시집간 딸 함 속에
알뜰히도 담았다

부자들 가진 입은 상품만 골라 먹고
중품을 먹는 입은 중산층의 것일 테고
하품을 먹는 입은
배고파서 먹는 건가

한 어미젖을 먹고 함께 크던 붉은 사과
같은 나무에서 자랐지만
이렇게 차별 받는다

여름

주책없는 장맛비가
몇 며칠을 내린다

추워서 이불 덮고
선잠을 청해본다

오락가락 변하는 여름날의 날씨가
어쩌면 사람 마음과
이와 같이 똑 같을까

밤새워 추적추적
끊임없이 내리는 비
해나면 자리를 얼른 내다 말려야지

이불 당겨 덮으며
축축한 마음 다스린다

낚시꾼

종일 앉아 고기 낚는
외로운 낚시꾼이다

물 위에 찌를 보며
시간을 흘러 보낸다

저분의 낚시는
곧은 낚신가 굽은 낚신가
물속의 낚시는
아무도 알 수 없는 노릇이다

미끼가 있는 건지
미끼 없는 낚싯대인지
너도 나도 그 누구도
아는 이 있을 수 없다

전기電氣

전기는 현대의
생활필수품이다

1초만 정전돼도
세계는 암흑

집 앞의 변압기가
갑자기 고장 날 때면
일대가 깜깜이고 아우성 천지이다

막 다루면 위험하지만
잘 다루면 좋은 전기
전기는 우리 삶의
없어서는 안 될 에너지다

잘 쓰면 등불이요
잘못 쓰면 폭탄인데
일상에 쓰는 전기 소홀히 하지 말자

하루속히 전파로 전기 보내는 세월 와서
필요한 만큼 내려쓰는 기기를 발명해내는
그날의 편리한 삶을
생각으로 기다린다

술

술 마시면 마음이
물속처럼 편안하다
만사의 모두가 한마디에 오케이다

근심걱정 다 잊고
가벼운 마음으로 잔을 든다

괴로울 때나 슬플 때
어려움 산처럼 쌓일 때도
친구처럼 마주 하는
가볍고 따뜻한 술 한 잔

어느 땐 무심한 술이
다정한 벗이 된다

혼불

그림자도 없는 것이
혼불이라 말했다

천국이 보일 때면
먼저 간다 혼불이

모든 것 때 지나면 헌신짝이 되어버려
아끼던 몸뚱이 땅에 두고
혼만 멀리 날아간다

쓸 만큼 다 쓰고 벗어나는 혼령이다
근심 걱정 버리고
미련도 없이 가는 것

혼불은 투명하며 빛도 열기 하나 없이
영혼의 새로운 세계로
홀홀 털고 떠난다

금테달력

달력에 금테 둘러
잘 만들어 걸었다 해도
해가 바뀌면 아무짝에도
쓸 데 없는 종이다

최고의 발명품이
내일이면 매립장에서 기다리는
가련한 신세 되는 것 한 둘 뿐이겠는가

우리의 삶이 이렇듯 현시대를 외면하면
살아남기조차 어려워
쓸모없이 되는 것이며

꿈속에서도 미래를
꿈꾸지 않는 사람이 있다면
이 시대의 버림받는
낙오자로 남을 뿐이다

돈

돈은 돌고 돈다 해서
돈이라 이름 지었다

필요한 대로 모이고
필요한 곳에 쓰이는 돈
그래서 사람들 너도나도 좋아한다

우리나라 최고 갑부는 돈을 안 쓴다 했다는데
학창시절엔 친구들의 빵
얻어만 먹고 다녔다
자기 차례가 되어도 한 조각도 사지 않았다

아버지가 어렵게 번 돈인데 하며
말로만 빵 값을 대신했다

* 김도연(전 강서구청장) 씨가 그와 동창생인 삼성 이건희 회장에 대하여
  들려준 말임.

소치의 함성

러시아 소치*에서
열광의 소리가 들렸다

세계인이 모여들어
승리의 함성을 외쳐댔다

축제 속에 탄생한 기쁨
하나님도 박수를 쳤다

내 마음
저 마음 모두
영원히 이어지길 빌었다

---

* 소치(sochi) : 러시아 소치 2014. 2. 7. 22회 동계올림픽이 열렸음.

웃는 사람들

많은 사람 뒤엉켜
살고 있는 서울이다

잘났건 못났건 간에
웃으며 인사 한다

환자가 가득한
큰 병원 작은 병원엔
잘생긴 사람 별로 없이 못생긴 사람들만
죽을상으로 하루 종일 오가며 북적인다

사람도 식물도 잘생겨야 튼실하듯
고급승용차 타는 사람들
잘생긴 사람 많이 있다

곡식도 잘생기면 수확 많이 나는데
조물주는 작품을 왜
가려서 만들었음인가

발자국

한 발짝 두 발짝 황톳길을 걷는다
질퍽질퍽 진흙길 발자국 뒤로 남기며
한 걸음 두 걸음
천천히 앞으로 나간다

함께 간 김 선생
힘 있게 걸어가고
뒤따르는 이 선생 뒤뚱대며 걸어간다
김 선생 신발 코는 깊게 깊게 찍히고
뒤뚱대는 이 선생 뒤꿈치가 무겁다

동갑내기 두 사람 환갑이 지났는데
실실한 김 선생 앞 코만 닳고 닳아
뒤뚱대는 이 선생
앞뒤좌우 멋대로다

궁둥이가 무거운 늙은이들 신발 보면
천당이 보인다 순서를 기다린다
황톳길에 발자국만
깊게 무겁게 찍혀서

차별

산전수전 다 겪은 이 아는 것 많이 있다
쓴맛 단맛 즐거운 것
겪어 봤기 때문이다

실력이란 놈은 노력해서
힘들게 얻는 것이고
학벌이란 놈은 기초부터 쌓아가는 것이다

사람은 누구나 제멋에 산다지만
잘생겼다 못생겼다
말하는 건 자유다

선비도 노동자도
한 지붕 밑에 사는데
잘났다 못났다
차별을 하지 말자

선택

두 사람 앞에 두고
내가 나를 쳐다본다

오른손과 왼손의
무거움은 똑같은데
어느 손이 가벼운지 손들 수가 없구나

이와 같이 사람도 별 차이가 없지만
마음은 알길 없어
선택이 힘이 든다

부인의 넋두리

당신은 혼자서 뭣 하러 나가시요
동구 밖 고개 너머로
뭐 하러 빨리 가시요

봄이 와 날 풀리니
해야 할 일도 많은데
오늘도 당신은 술 마시러 가시오

가고 싶어 가더라도
소밥이나 주고 가시오
애들 어미 할 일 많아 손이 달려 야단인데
당신만 편하려고 주막 찾아 가시오

철부지 자식새끼 집안에 버려두고
당신만 즐기시러
술이 좋아 나가시오

온종일 밭풀매고 허리 빠져 죽겠소
그런데도 당신은
뭐 하길래 안 오시오

정도로 사는 길

걷고 뛰는 걸음에
약도 있고 독도 있다

바삐 뛰면 이익 있고
느리게 뛰면 손해 본다

걷고 뛰면 좋은 것과
뛰고 걸으면 나쁜 것은
걷고 뛰면 보약이요
뛰고 걸으면 병이 된다

이익 손해
두 가지를
나눠 쓰면 성공한다

끝없는 욕심

대大자 천天자 만萬자는
누구나 바라지만
나에게는 일一자 하나뿐이네

크고 높고 많은 것은 욕심 속 그림이요
작고 낮고 적은 것은
내 몸속의 마음이네

세상 것을 다 쥐어도
양 안차는 건 사람마음
끝없는 권력 물욕
욕심 통이 넘쳐나네

돈을 써라

써라 써라 돈을 써라
기분 좋게 돈 써라
지옥 가며 후회 말고 기분 좋게 돈을 써라

어려운 이웃 돕는 이는 천당 극락 제 집이고
배부른 이 돕는 이는
지옥을 찾아 간다

써라써라 돈을 써라
기분 좋게 돈을 써라

희망의 날을

태평한 사람은
생각이 없는 사람이요
똑똑한 사람이란 내일을 아는 사람이다

우리의 미래는
희망 속에 있는 것이요
윤택한 삶이란 노력 끝에 얻는 것

땅을 보고 걷는 이는
기초를 튼튼히 다지는 법이요
하늘을 보고 서있는 이는 큰 꿈을 그리는 이

땅과 하늘 가운데란
생명이 숨 쉬는 자리이며
생동하는 만물은 역사를 이루어 나간다

호남의 건아들아
흐르는 역사 바로 보자
역사는 돌고 돌아
어제와 오늘이 있나니

성공

잘되면 내 팔자
못되면 조상탓이라 했지만
운명은 사람마다 다 타고나는 것이다

잘되고 못되는 것은 머리에 있고
갑부 되고 벼슬함은 마음먹기에 있는데
누구는 객지생활 부자 되었고
누구는 불쌍한
거지 되어버렸다

선행을 행함으로 복 받아 성공하듯
벼슬도 부자도
그냥 줍는 것이 아니다

늦게라도 정신 차려
베풀어야 성공한다

제 3 부

살며
부딪치며

삶

등짐 져서 가정 꾸리고
발품 팔아 먹고산다

사기 쳐 팔자 고치고
법 배워 약자 짓밟는다

권력을 잡았다고
무고한 희생자를 만든다면
당신이 옳은 삶 살았다고
누가 말할 것인가

인고忍苦

편하게 살려 해도 가야할 길 험하고
돕는 일 많이 해도
욕은 먹는다

선과 악은 붙어살아 뗄 수가 없고
근심 걱정 멀리해도
발목을 꽉 잡는다

태어났다 가는 길 막을 수가 없는데
고생을 지고 나와
평생 함께 하는구나

초보시인

시라는 놈 찾아보니
찾을 수가 없구나

뒤지고 파헤쳐도
어디쯤에 숨었는지
도무지 잡지 못해 생각을 쏟아본다

발로 차도 안 나오는
깊이 숨은 시詩라는 놈

책상머리에 홀로앉아 머리를 긁어 봐도
시란 시는 다 어디 갔는지
그림자도 없구나

절벽의 노송

산허리 휘어 감고
우뚝 서 있는 저 노송
태초의 절벽을 정원 삼아 서 있네

거치적거림 없는 위아래
명당으로 여겼기 때문인가

아침 햇살 맑은 공기
살갗을 스쳐 가면
온종일 생기 얻어 천년을 준비한다

비바람 몰아쳐도 넘어지지 않았고
폭설이 쏟아질 때 묻힐 일이 없었으니
죽음 모르고 산다한들
가로막을 걱정 하나 없네

길거리

이른 새벽 길거리
출근으로 분주하다

직장으로
일터로
발걸음이 바쁘다

간부 사원 출근 시간 한 시간이 빠르고
하급 직원 출근 시간
그 뒤를 따른다

어제저녁 퇴근 때
친구들과 한 잔 술에
밤늦게 집에 왔다 출근시간 늦은 사원
사장님의 눈치가 예사롭지 않구나

어제 하던 일감조차
손에 들지 못한 채
자꾸만 졸려오니
걱정 심히 되는구나

동행

글 쓰는 사람은
글꼬리를 쫓아가고
일하는 사람은 품삯이나 따진다

글 쓰는 사람을 선비라고 부르고
일하는 사람을
노동자라 부른다

글줄을 쫓는 이는
소주잔 속을 볼 줄 알고
땀 흘리는 노동자는
소주잔 밖을 볼 줄 안다

들으시오 우리는 똑같은 사람이라
손바닥도 필요하고 손등도 필요하니
너와 내가 따로 아닌
우리는 동반자다

우리 모두 함께 가는
동행자가 분명하오

내가 좋아하는 것

깨끗한 공기
깨끗한 물
깨끗한 환경 속에서
깨끗한 삶을 즐기고 싶다

깨끗한 마음 늘 가져야
깨끗한 몸도 가진다 했으니

인연

맺은 열매 그릇에 담아
정성으로 나누어 주면
심는 자 마음을 알 수가 있다

철부지 철없다고 거두어 주면
어제 싼 오줌 걸레도
알지 못한다

그리운 사람

떠난 사람 대답 없고
보고 싶어 소리친다

흐릿한 얼굴 그리워
가슴을 두드린다

속이 타도 참고 참고
생각나도
참고 참고

아린 가슴 조여 가며
뜬눈으로 밤을 지새운다

사랑이 판 함정이라면 멀리멀리 가라고
큰소리로 외쳐본다
더 큰소리로 고함친다

* 이미 세상을 떠난 친구들을 생각하며.

고민

근심 걱정 모아서
고민이라 했는가

뿌리째 뽑아내 멀리 버린다
씨도 없이 말려버린 후
깨끗하게 정리한다
끼어있던 걱정이 조금은 사라진다

돌아서면 또 오는 고민이란 놈
밟아도 나오고
불태워도 살아난다

어제는 없었는데
오늘은 어디서 왔는가
이쪽저쪽 자리 잡고 제멋대로 날뛴다

때로는 한잔 술로
확 씻어 버리고
고민을 찢어서 더 멀리 쫓아본다

낮도깨비 불귀신
잠 안자는 달마처럼
시도 없이 때도 없이 나타는 불청객

마음먹고 한 방에
날려버렸으면 좋겠다

중간

새순이 무럭무럭 자라고 또 자란다
여기저기 고개 들고
무한경쟁 시도한다

농부는 때맞추어 순치기가 한창인데
웃자란 새순들은
도움이 절대 안 된다

우리들 삶이란 것도
농사짓는 것과 똑같다

앞서가면 따돌림 받고
뒤따라오는 이 바보취급
중간쯤으로 산다면 탈은 없어 편하다

이것이 우리들
삶의 형태인 것이다

등급

일하는 노동자
선비 행세 어렵고
선비는 노동판에 힘쓰기가 어렵다

일하는 노동자는
힘이 있어야 할 수 있고
글 배운 선비는 학식이 두터워야 행세한다

노동하고 글 가르침은 똑같이 힘 드는데
누구는 대접하며 누구에게는 하대함은
같은 땅에 살면서
사람이 할 짓이라 여기는지

내 몸의 스승은 병이다

고되지만 눕지 않고
하루하루를 잘 지낸다

육신을 이만큼이라도
지탱하게 하는 것은
때때로 찾아오는 병이 있기 때문이다

병이라는 놈은 제일 먼저
아픔으로 신호를 보낸다
느낌으로 즉시즉시 알려주니 고맙다

팔다리가 쑤시면
파스를 붙이게 하고
손발이 부르트면 연고를 바르게 하며
일하다 다치게 되면 아픔을 느끼게 하여
주사도 맞게 하고 약도 바르라 알려 준다

한 번도 게으름 없이

신호를 보내는 병

그래서 병이라는 놈을
스승으로 여긴다

복

지극정성 기도하면
복 받을 수 있는 건가

복과 덕을 얻으려면 베풀어야 되는 법
네 것 주고 기다리면
복은 돌아오는 것이다

사람은 베풀지 않고
복만 받으려 기도한다

공짜 복 받으려다
엉뚱한 피해 보지 말고
베풀고 좋은 복
많이 받고 잘살자

선물

주고받는 선물은
아름다운 인사이다
정성 담아 보낸 선물
고맙게 받아든다

보낸 사람 마음이
하늘만큼 넓어 보이고
받는 사람 마음은 즐겁기만 하여라

값이 싼 선물이라 주기가 꺼려지지만
주는 사람 마음은 천사와 같은 것이라 했으니
작은 것 하나라도 고맙게 받을 줄 아는 사람은
그 사람 복 받고
행복하여질 것이다

주는 정 받는 정에
사랑이 오고 간다

나누는 정

맺는말은 있어도
정은 끝이 없어야 한다

주고 주고 퍼주어도
또 줄 수 있는 것이 정이다

사람이 사는 동안
정 없이 살 수는 없는데
받는 정 주는 정 온도 차이는 매우 크다

줄 때는 작아보여도
받을 때는 크게 보이는 정
작은 것을 받더라도
줄 때는 큰 정 주고 싶다

나눈다 끝없이
큰 정 작은 정 할 것 없이

빈종이

거리의 곳곳에
야욕들이 가득하다

버렸던 욕심들을
줍지 말자 다짐한다

철지난 욕심마저
땅에 묻는 이 저녁
남아있는 한 장의 깨끗한 빈 종이를
가볍지만 보석처럼 더욱 귀히 여긴다

그 속에 맑은 꿈
다시 그릴 수 있으니까

시간을 잇고 싶다

답답할 땐 묵묵히 홀로 산에 오르고
즐거울 땐 친구와
샘 같은 마음을 나눈다

혼자서나 나눔이 있을 때
박자 맞아 어우러질 땐
캄캄한 밤이라도
발걸음은 힘이 있다

홀로 가는 삶이란
막막한 안개 밭인데
열려있는 시간은 햇빛 보는 순간이다

시간을 잘 쪼개면
하루가 길어지는 것
찰나의 꿈같은 길
이어가며 살고 싶다

제 4 부

여기까지
오고 보니

나도 늙는구나

세월은 나라고
놓아주지 않나보다

철 따라 먹던 과일 오늘도 그대론데
내 입맛은 어쩐지
작년 그 맛이 아니다

무심한 세월이
무상으로 흐르는 줄 모르고
난 아직 시간 많고
인생 긴 줄로만 알았다

인생이란

바람아 바람아
너는 알고 있겠지
사람은 누구나 선하게 태어났다는 것

비에 젖고 등골 해지고
굶주림 겪는 듯이
살아가면서 사는 길 달라
차이는 나겠지만

배불러 버린 고기밥 호화로운 가정생활
유행 따라 입다 던진
외제 옷에 사치품

먹고 입고 사는 것이 이렇게도 다르니
바람아 바람아
너는 알고 있겠지

없는 자 천대받고
있는 사람 우대하니

바람아 바람아 말 좀 해다오

이집 저집 드나들어 너는 알고 있듯이
사람은 너나 나나
똑같은 사람인데도 그렇구나

돌아보니

낮은 자세로 살아가면
마음에 금빛 나고
하던 일 꽉 막히면 잠시 쉬며 생각한다

친구들과 언쟁할 땐 이해해 들어주고
거친 친구도 정 주면
눈물을 흘리더라

세파를 헤쳐 가면 영광이 기다리기에
뜻을 정해 일념하면
장승도 인간 된다

인생사

팔도를 돌고 돌아
제집 문에 다다랐다

배고파 먹을 것 위해
전전긍긍했던 그 사람
돈 벌러 나간 사내가 빈손으로 돌아왔다

세월이 가고 가도 산천은 그대론데
늘그막에 돌아오니 부인 머리 하얗고
자식들은 장성하여
누가 누군지 모르겠다

나그네인지 지아비인지
알아보지도 못한다

인생은 즐겁다

날마다 누군가를
안 그런 척 기다린다
오늘은 누가 올까 약속 없이 수십 년
그동안 무작정 누가 올까 기다렸다

그러나 이 시간들이 헛되지는 않았다
반가운 친구들이 시간을 채워 주기 때문이다
십 년 이십 년 삼십 년
발산동을 지킨 덕이다

세월이 가고 보니
얼마나 많은 도움과 복 받았는가
눈 감고 마음으로 고마운 감사를 드린다

사람이 사람 만남은
전생에 인연이 아니었나 생각한다
듣고 보고 정담 나누는 일
헤어져도 잊지 못할 것이다

어떤 이는 나를 보고

은근슬쩍 걱정한다
그 많은 분들을 일일이 만나 보느냐고
그러나 고마우며 스스로 자랑스러워진다

그분들과 함께 하면
배울 수 있으니까 그렇다
인간의 정과 도리 참 진리도 배우고
내 모르던 생활철학도 배워왔으니까 그렇다

사람들은 각자가
고유한 색깔을 가지고 있다
희고 검고 시고 맵고 짜고 떫은 다른 맛
이것을 일러 우리는 개성이라고 말한다

달콤한 친구 떫은 친구 나에게는 선생이다
그분들이 있어 내가 항상
배울 수 있으니까

정과 의리 나누면서 68년을 걸어왔다
거리를 나가면 아는 사람이 많아서 즐겁다

매일 매일 보는 얼굴들 반갑게 인사하고
발길마다 멈춰 서서 건강을 빌어주니
이러한 행복이 어디에 또 있겠는가

사람이란 이렇게
어우러져 사는 것이다
끼리끼리 나누면서 건강도 서로 챙기고
즐거움도 맛보면서 행복에 취해 본다

오늘이 즐거우면
내일 일도 즐겁고
하는 일들이 모두가 잘되기만 바랄 뿐이다

복이란 베풀면 받고
욕심내면 사라지는 것
묻지 말고 따지지도 말고 무한 정 주고 주면
더욱 큰 복이 되어 문 앞으로 돌아온다

이것이 참 복인 것이니
인생이란 즐겁다

인생은 빈손

힘들은 농촌생활 희망이 없어서
새벽녘 버스타고 서울로 향했네
꿈에 그린 서울행 발걸음도 무겁구나

영산포* 완행열차 처음 보니 두렵고
덜컹거린 완행열차 생각보다 냄새나네
중간기착 대전역엔 왜 이리도 연착일까

두근두근 한참생각 부모걱정 형제걱정
두고 온 부모생각 한없이 불안한데
서울역 다 왔다고 기적이 울리네

역 광장에 내려 보니 차 잡이들이 모여들어
촌놈인줄 알아보고 택시 잡아 태워주네
감사하게 생각하고 반갑게 타고 보니
목적지도 못가서 택시가 서버리네

새벽 네 시 한밤중에 여기가 어디요
차 잡이 오백 환 택시비 삼백 환

팔백 환 주고 내려 사방을 둘러보니
동대문 옆 파출소가 왜 이리 반가울까
몇 시간 쉬었다가 동이 트면 가시오
순경아저씨 고마워요 마음이 편안하요

밝아온 후 내다보니 전차도 지나가네
신설동 친구네는 어디쯤에 있을고
고맙다고 인사하고 친구네 찾아가니
촌놈들이 몇이 모여 자취생활 고생하네
여기가 서울인가 잘사는 서울인가
부푼 꿈 희망의 꿈 앞이 캄캄해지네

아니다 결심하고 살아가기 위해서
며칠을 생각하고 마음을 다짐했네
죽어서나 갈지언정 살아서는 못 간다
백 번 천 번 각오하고 열심히 살아왔네

허리 굽혀 사십년 땅만 보고 살다보니
세월간지 모르고 환갑이 홀쩍 넘어

칠순이 눈앞이니 하다둔일 어쩔고
이내몸 힘 있을 때 하나라도 더할 것을

많이 벌어 많이 쓰고
남 돕는 일을 많이 하여
극락천국 만들어
빈손으로 돌아가세

---

* 영산포 : 나주에 있는 영산포.

인생은 한 줌 흙일 진데

뙤약볕 아래 김매는 저 농부야
어찌하여 그렇게
고생을 하고 있는가

세월 변하고 또 변해서
편하게 살려고들 하는데
당신은 왜 그렇게 고생 찾아 하는가

해마다 씨 뿌리고
일하는 당신이 아니어도
누군가 때만 되면 또 하고 있을 텐데
오늘도 쉬지 않고 땀만 흘리고 있는가

천지개벽 이후엔 땀 흘리던 당신도
한줌의 흙으로
돌아가 버리고 말 것인데

청춘을 돌려다오

내 젊은 시절의
넘치던 의욕 데려간 사람
이제는 그 용기를 다시금 돌려다오

얽매임 숱한 굴레 그물 벗듯 확 벗어나
마음껏 뛰어가는 자유를 내게 다오
잃어버린 푸른 꿈
내 젊음을 다시 다오

당신이 나를 찾은 후
나는 나를 잊어버렸다

하늘로 날고 싶어
끝없이 펼치던 젊음을
꼼짝달싹 못하게 사로잡은 그 사람
오늘도 떠나지 않고 내 곁에 붙어 있다

사랑하는 사람아
백년 같이 할 사람아

어머님 전상서

꿈속에서나 뵈올까 어머님
명절마다 묘소 찾아가 뵌들
어머님 말씀은 안 들리데요

집이라 덮어 놓은 뗏장 위엔
이름 모를 풀들만 무성한데

가만히 들여다보니
날마다 뙤약볕에서 뽑아냈던
그 풀들이었네요

갈 때마다 뽑아 주고
절도 많이 해 봤습니다만
사람 목숨보다도 더 질긴 잡초들은
한도 끝도 없이 자라네요

그 옛날 어머님 손에서 뽑혔던
그 풀들이었습니다 어머님!

슬픈 삶

6·25사변 피해 구사일생 살아났다
먹는 것 구하느라 못할 일도 많이 했다

띠 뿌리도 캐 먹고 소나무 껍질도 벗겨먹고
영양실조로 불뚝 튀어나온 뱃속에는
회충들만 가득했던 시절이었다

육칠십 년 전 서울 가면 잘산다고
농부도 어부도 보따리 싸들고 서울 갔다

등에 하나 업고 손에도 하나 걸리고
너도나도 서울로 가니 서울은 만원이었다

부둣가에 매어 둔 뗀마* 배 한 척만
떠나간 주인을 하루 종일 기다렸다

---

* 뗀마(전마선) : 큰 배와 육지 또는 배와 배 사이를 다니며 연락을 하거나
  짐을 나르는 작은 배.

두물머리 식구들

심산유곡 산동네를 거쳐
내려오는 중이라 했는데

만나들 보니 형제요
한 핏줄이었다

한 팀은 어디서 내려왔는지
먼저 자리를 잡고 있다

이들은 모두가 얼굴이 닮아서
깊은 소沼 안에 들어앉으니

누가 형님인지 아우인지
구분하기가 어렵더라

침묵의 향기

침묵하던 숲이 잔기침 하면서
한 꺼풀씩 깨어나더니
먼발치의 산골짜기에서는
안개처럼 뽀얗게 새 움이 터
밀물처럼 산허리로 올라가고 있구나

하던 일들을 다 마치고 돌아서니
뙤약볕이 벌써 뒤따라와
기승을 부리고 있다

헉헉거리는 땡열기는 발길을
숲 속으로 몰아넣고
찬바람은 땡열기와 동업하여
겨드랑이를 스치는구나

바람결에 나부끼는 잎새들은
가을 채비에 바쁘기만 하고
우리 지붕에 달덩이 호박도
노랗게 익어 나를 부른다

전 대학 총장님

주섬주섬 바쁘게 준비를 마친다
날마다 대학 정문 옆 골목에 자리 잡고
우동 장사를 시작한다

알고 보니 대만의 명문 대학 전 총장님이셨다
대학 강의 끝나면 학생들이 찾는 포장마차
하루 종일 우동 팔고
학생들과 이야기 나누고
지나간 세월 건지면서
웃음으로 시간을 보낸다

세상은 좋은 세상
30년 후배들과 주고받은 나눔들이
시간 가는 줄도 모르고
우동이 다 퍼져 버렸다
그대는 위대한 총장님
제자들이 친구요 귀빈입니다

* 1982년 대만 새마을문고 연수교육 중에서

아버지의 음성

국민학교 시절 아버지 말씀이 무서웠다
세상 물정 아무것도 모르던 때였다

늘상 아버지는 일을 시키셨다
하는 일 또 하고 또 하고
시골 삶이란 이렇게 대를 이어 왔다

잠꾸러기는 오늘도 깊은 잠에 들어 있는데
창문 틈으로 해님이 살며시 단잠을 깨운다

새벽에 논에 나가셨던 아버지 돌아오셔서
호통 치시며 아들을 깨운다

어머님은 곁에서 슬며시 웃고만 계셨다
철딱서니로 자라던 그때가 마냥 행복했었다

인품의 향기

산전수전 다 겪은 그대가
만나면 깊은 호수처럼 편안합니다

모든 것을 받아 안을 수 있으니
넉넉한 품 안이었습니다

흐르면서 부딪혀 깨지고
흩어졌다가 또 만나야 하고
가다가 갇히면 기다렸다가
또 넘어야 하는 산

그 어떤 목숨보다 질긴 생명이요
그것이 우리들의 삶이 아니었나요

모든 것 다 비우고 가슴을 열어주시니
그대를 향기로운 덕장이라 부릅니다

별의 마지막 운명

억만년을 떠돌다가 사라진 별이
인간들의 과학으로 카메라에 잡혔다

우주 속의 수많은 나그네 별들이
잠깐 사이 사라졌다

우리들이 우주여행 중 잠시 들렀더라면
별과 함께 번쩍하고 사라질 뻔했구나

신앙이 두터우면 사리가 나오는데
1300도 가열하면 번쩍하고 사라진다

어찌하여 별도 사리도 똑같은 운명일까?

제 5 부

세상에
던지는 말

광주의 8일 밤

밤손님 군화 신고
잠든 중에 들어왔다

한 놈은 망을 보고
한 놈은 주인 감금하고
여러 놈은 귀금속을 남김없이 훔쳐 갔다

도둑이 누구인지
밝히기가 매우 어렵다

밭에서 노 저으니 강에서는 물고기가
오백열여덟 수 한꺼번에
떼죽음을 당했다

누가 진짜 절도범인지
알다가도 모르겠다

민초들의 함성

구름이 모이면
비나 눈으로 변하고
말들이 모이면 소리의 공해 된다

눈비는 생명의
영양분이 되는데
말들이 많아지면 헐뜯어 상처 준다

소인배들이 만나면
쌈박질이나 하려 들고
군자들은 마주앉아 나라를 걱정한다

국회의원 지식이란
중매쟁이를 능가하고
충신들의 전문지식은 나라를 살려간다

듣거라 정치인들아 민초들의 함성을
권력 물욕 버리고

외침의 소리를 들어라

파도처럼 밀려오는
엄중한 소리에 귀 기울이라

새 정치연합당

둑방이 터져버려
갇혔던 물 못 막았네

고인 물은 썩어서
도무지 쓸 수 없었고
들어오던 생수도 끊어져 버렸네

오염 수만 남아 있어
마시지 못했기에
국민들은 새 샘 파서 마른 목을 축였네

이번 기회에 봇물 더 터 묵은 고기 잡아내고
하는 김에 썩은 뻘도 파서내어 버린 후
새 흙을 바꿔 넣어야
고기도 잘살 것이네

철새인간

우리나라 여당 야당 누가 나눠놨을까
영원한 집권당도
영원한 야당도 없지 않은가

이 당 저 당 쫓는 사람
내말에 귀 기울이라

등산길도 바로 가면 훨씬 편히 가듯이
아까운 세월들만 물붓 듯 허비 말고
이 당 저 당 찾다보면
추한 꼴만 보이니

때만 되면 날아드는
철새 노릇 하지 말고
하던 일 곧게 하며 가던 길 바로가라

통발정치

백년정당 약속하며
신당 준비 패거리들
일 년도 채 못 가서 합당 망에 걸렸다

신당정치 팔아가며
국민 속인 정치가
합당 이후 이익은 얼마나 남았을까

신뢰를 팔아먹고
정당도 팔아 썼다
이것이 정치인가 속임수 투기인가
점괘를 잘 쳐 봐도 도무지 알 수 없다

부도를 감수하고 통발 놓은 민주당
영리한 물고기는 통발을 피해 가는데
미련한 물고기는
먹이부터 먹고 본다

배를 채운 물고기
통발 입구 못 찾아
죽어서나 나올까 살아서는 못 나온다

통발 쳐 둔 민주당
토끼도 잡아봐라
내일 닥칠 재앙을 어찌해야 피할까

많이 준 민주당
적게 받은 민주당
남는 게 장사인데 적자보고도 웃는다

어느 지구당개소식

사람들을 불러 모아
자기를 소개한다

사전에 없는 말을
거리낌 없이 쏟아내며
없던 웃음 만들어 인사 잔치를 벌인다

모였던 청중들 슬금슬금 가버리고
국회의원들만 남아서
일장연설을 뽑는다

유권자가 필요한지
자신들 인기를 위함인지
개소식이 오늘따라 사막처럼 씁쓸하다

의원보좌관

악령에 취한 사이코를
키워내는 의원님
지금 와 생각하니
불쌍한 마음 문득 든다

주위에 따르는 사람 중에
또 무슨 일이 있을지
생각에 생각할수록 걱정스러움이 앞선다

바른말을 한다고
욕해대던 그 사람들
그들의 가슴 속에 검은 그림자가 보인다

더 늦기 전에 가려내서 위원장님의 마음을
초심 때로 돌려놓아야
할 일을 다 하는 것이다

○○○ 국회의원

오늘같이 살려고
서울대학을 나왔소?

꿈 많은 학창시절 나라 일꾼 되려고
동심의 맑은 청운 책속 깊이 심은 후에
초심의 국회마크
가슴에 단 당신인데

용의 머리 쫓아가던
젊은 마음 어디 가고
살인마 대도패들 그 품 안에 안았나요

정숙하던 모습에
오늘 풍문 웬 말이요

강서 을 위원장

곱디고운 목소리가
강서에 울려 퍼지더니
사랑의 씨앗을 알알이 맺어놓았네

참모들 돌아오니
빛이 나는 강서 을

재충전 도약으로
당신의 꿈 이루리라

등잔 밑이 캄캄하구나

인간사 사방만사 꼼꼼히 살펴보면
흙탕 속에도 진국은
항상 있는 법이다

나라의 정치판에도
그런 사람 있겠지

등잔 밑이 캄캄해도
밝은 날엔 다 드러나겠지

6·4 지방선거·1

강가에 앉아 우두커니
서쪽을 바라보니
구름이 두둥실 어디론가 떠가네

발밑에는 산처럼 개미가 집을 짓고
한 동네 두 동네
동산을 이루고 있네

지금은 유월 사일
개미도
경사 났나

6·4 지방선거·2

오늘따라 날씨가 유난히 포근하다
파란 잎 뾰족 쫑긋 이불을 젖혀가며
잔디가 사방에서
머리 들고 나온다

옆에 있던 민들레가 함께 가자 말한다
뒷집의 진달래도
옷 갈아입고 간다 한다

이렇게 기다리다 마실 나갈 시간이
정오가 훌쩍 넘어 오후가 되어버렸다
기다리던 유채 수선화
짜증 마구 부린다

함께 모인 친구들이 반상회를 열고 있다
이번 기회 봄놀이는 서울 가기로 정한 후
6·4 지방선거도 함께 가자고
모두가 만장일치

진달래는 주민등록증을
잊지 않고 챙겨왔다
칠칠맞은 민들레는 도장을 두고 왔다
어렵게 시간 냈는데
투표도 못하고 돌아왔다

촌놈들은 어딜 가나 실수가 저리 많아
할 일 제대로 못 하고 기분만 푹푹 상하니
봄은 와 좋은 날에
시간만 다 보내버렸다

옹기그릇

흙 속에 묻혀있던 옹기그릇 하나를
조심히 파내 놓고 이모저모 살펴보니
다듬고 가꾼다면
쓸모 있게 여겨졌다

수세미로 닦아가며
면면이 다시 보니
그릇답게 생겼기에 알뜰히 씻어내어
올 가을 오곡 담아 두고두고 쓰려고
대청마루 안쪽에 소중하게 두었다

모난 모습 깨진 구석 다 고쳐가면서
용상 오를 명품으로 자리매김하려 했는데
몇 해가 지난 후엔
곳곳에 금이 갔다

밥상에도 못 오를
옹졸한 것이 돼 버렸고

더 두고 바라보니 흠 자국도 가득했다

그래서 옹기그릇은
백자가 될 수 없음인가

강아지의 길

한 배에서 태어난 강아지
다섯 마리
찡얼대며 젖만 찾는다

한 달 지나 눈을 떠 재롱부리고
두세 달 지나니 주인도 알아보고
깡충깡충 뛰며 애교가 만점이다

이별의 순간이 와도 모르고
그저 좋다고만 날뛴다

한 마리는 개장사가 사가고
또 한 마리는 부잣집 마나님이 사가셨다
남은 두 마리는 이웃집에 나누어 드리고
허약한 자리 밑은 어미젖을 더 물린다

모두 제 살 곳을 찾아 떠난 뒤
남은 한 놈은 하루 한 끼
배가 고파서 울어대고

이웃집에 간 놈은
한 해 지나서 가보니
전 주인 알아보고 꼬리부터 흔든다

우리 대통령

민주주의의 함성을
창 너머로 듣고 자란 이가
수십 년 세월 흘러 대통령이 되었다

자유와 정의의 선 붉었던 정열을
서릿발처럼 내리치던
유신시대 독재였다

외치다 간 사람들은
땅속에 누우서서
오늘의 현실 보고 무슨 생각들을 하실까

잘하시기를 바라는
우리나라 대통령

유리처럼 통치하다가
조각처럼 마칠까 걱정이다

역사는 이렇게 흘러왔고 흘러간다

1895년 12월 30일, 백성에게 자유를 주고자 고종황제가
상투를 자른 후
1909년 안중근 의사는 이국 하얼빈에서 이토 히로부미
를 저격한 충국의 총소리로 민족의 영웅이 되었다 1940
년 미나미 지로 때문에 강제로 창씨개명을 해야 했던 조
선인의 통곡이
온 천지에 장맛비로 가득 넘쳤다

1948년 조선노동당 군사부장에서 벗어났던 박정희 대통
령은 새 역사를 창조했으며
국민의 정부 김대중 대통령은 청년 시절 친구 김장곤의
등록금을 갚지 않았지만 우정은 더욱 빛났다

미국이 대공황에 휩싸일 때 맥아더는
친구 사무실 업무용지 한 장 빌려 쓰고 사임한 청렴을
보였다

1979년 대통령을 시해한 정보부장 김재규를

사후에 의사 운운하는 세상

생태계 생태계 하면서
명명한 아서 텐슬리의 이름은 저리 가라고
5,972 섹스틸리언 미터톤이라는 지구 무게가 밝혀지는
마당에
12,768자 제 나라 한글 수도 다 모르고 설치는 국민들

역사는 침묵하고
아침처럼 오고 저녁처럼 가는 세월의 땅에서
오늘도 백성은 제 나름의 기고만장한 깃발들을 올린다.

시에 나타난 고향과 체험
그리고 적극적인 삶의 시

이 용 대

(시인, 한국문인협회 문단윤리위 부위원장)

들어가는 말

우리가 생활해가는 도중에 보고 듣고 부딪치는 사건과 사물에 대하여는 나름대로의 판단과 생각이 뒤따르게 마련이다. 이것을 그대로 써서 남기면 일기日記거나 비망문備忘文에 불과하다. 남이 가질 수 없는 특수한 체험의 잔영殘影에 특별한 의미를 투입하여 나의 글로 재생해 내는 짧은 문학형식이 곧 시다. 이렇듯 시의 시작은 제반 사안에 대한 개인의 남다른 반응과 감응에서 출발한다. 그러기에 간과해서는 안 될 중요한 요소를

시는 지니고 있다. 즉 무수한 주관적 감응에서 시로 옮길만한 한 가닥 실마리를 잘 포착해내야 한다. 이렇게 조준된 포커스에 마찰을 일으키지 않는 시성의 이입이 시 구성 초입에서부터 병행되어야 한다. 특유한 시적 재능을 가지고 있는 사람이라 해도 그래서 시 쓰기는 부단한 수련이 필요하다는 것이다.

삶의 후반기에 접어든 지현경 시인은 쌓아둔 개인 역사의 창고 문을 열고 과감하게 시 작업에 들어섰다. 쪽지에서 낙서로, 낙서에서 산문으로, 산문에서 다시 시의 형태로 다듬어 가기 시작한 천착은 오랜 시간이었다. 대단한 용기임엔 틀림없다. 이러한 용기를 가지고 있다 해도 발휘하지 못하고 있다면 아무 쓸데없는 마음가짐에 불과할 것이다. 지현경 시인은 아쉬움만 남기는 용기 그 자체에서만 머문 것이 결코 아니다. 뜻있는 일을 위한 결단력을 가진 성격을 소유한 그만이 가능했고 또 해낼 수 있는 시 창작 작업이었다. 그러므로 화자가 쓴 시에 대하여 하나하나 원천적 본질을 따지기 전에 첫 시집을 상재하는 결과에 대하여 우선 먼저 무한한 축하를 보낸다. 그리고 시집『동촌洞村의 바람소리』중 몇 편의 시를 선택하여 지현경의 시 세계를 좀 더 조명해 본다.

1. 시에 녹아있는 고향에 대하여

어느 시인이든 그의 시적 기반은 누가 뭐라 해도 첫째가 고향이다. 고향이란 시인이 태어난 단순한 일정 지역만을 의미하는 것이 아니다. 그곳에는 대를 이어온 뿌리가 있고 부모가 계시며 그 사람의 정신적 체질과 영혼의 정서가 형성된 곳이다. 이러한 성장정서는 일생을 두고 고향에 대한 향수를 불러일으킨다. 그러므로 타국 어느 곳에 가서 산다 해도 고향을 잊거나 버릴 수가 없는 것이다. 지池 시인이 태어나고 동무들과 어울려 뛰놀며 잔뼈가 굵어진 곳은 장흥 관산면 동촌이다. 못 잊을 고향 '동촌마을'이라는 시를 시집 맨 앞에 두고 있음도 그냥이 아니다.

> 1
> 꽃 피고 나비 나네
> 뻐꾹새 노래하네
> 따뜻한 인정 속에 해가 뜨는 고향 산천
> 2
> 두 주먹 빈손으로 야간열차 잡아타고
> 울면서 떠나 왔네
> 어릴 때 내 자란 곳
> 3
> 괄세 많은 타향살이 사십 여년 지나가도

내 고향엔 푸른 물결 춤을 추는 정남진(正南津)
꿈에서도 찾아가는
머나먼 동촌(洞村) 마을
4
고향의 풍년가가
바람 타고 들려올 때
숱하게 썼다 버린 망향의 편지지들
5
어려움을 이겨내고 홀로 선 이 자린데
어머니 안심 하세요
성공하여 가겠습니다

2009. 5. 25

＊ 동촌(洞村): 전남 장흥군 관산면 동촌, 저자의 고향
－「동촌(洞村)마을」 전문－

고향을 멀리 두고 있으면 그곳은 언제나 아름답게 투영된다. 1연)에서 꽃과 나비와 새들이 함께 하는 따뜻한 고향, 어릴 때 자란 그곳을 시인은 먼저 공개한다. 이러한 고향을 뒤로하고 그는 대도회지 서울로 입성한 후 일생을 위하여 과감한 모험을 시도한다. /두 주먹 빈손으로 야간열차 잡아타고(2연)/와/ 괄시 많은 타향살이 사십여 년 지나가도(3연)/로 연결되어지는 불퇴전의 도전을 표출했음이 이것이다. 이러한 시런 속에서도 그러나 시인은 한 번도 고향을 잊은 적이 없다. 꿈에서도 그랬고 술

잔을 앞에 놓고서도 그랬으며 그 어떤 축제 속에서도 그랬다. 누구 못지않은 애향과 사향思鄕의 심경을 단 몇 줄의 시행詩行에서 시인은 유감없이 드러내 놓고 있다. 즉, /숱하게 썼다 버린 망향의 편지지들(4연3행)/이라고 한 것은 이것을 반증함이다. 하지만 이러한 고향을 아무 성과 없이 돌아갈 수는 없는 노릇이다. /어려움을 이겨내고 홀로 선 이 자린데(5연1행)/란 시인의 성공을 그려낸 과감한 표현이다. 어릴 때의 아련한 추억으로만 고향을 내내 그린다 하면 별 의미가 없다. 타향에서 이렇게 성공한 후에라도 출향할 때 굳게 다짐했던 그 마음은 변함이 없어야 진정한 애향인이다. 오히려 애향의 무게를 더욱 두껍게 하며 오랜 세월을 객지 서울에서 참고 지냈다. 왜냐하면 지명 정남진正南津뿐만 아니라 그곳에는 바로 어머니가 계시기 때문이었다. 시에 녹아 있는 고향은 곧 어머니라는 것을 쉽게 발견할 수 있게 됨으로 그렇다. 지금은 어머니가 계시지 않지만 그래서 더욱 깊은 의미로 시인의 마음속에 고향 동촌洞村이 자리하고 있다는 것으로 읽어야 할 망향 시다. 그러므로 본 시 속에는 이 모든 것과 더불어 시인의 뜨거운 눈물이 함께 서린 내용으로 다가옴을 감지케 한다.

2. 사물에 투입시킨 심중

지현경 시인은 누구보다도 생각이 깊다. 생각이 깊다는 것은 사소한 일이라도 소홀히 여기지 않는다는 말이다. 이것은 소심하다 라는 말과는 다르다. 작은 틀과 큰 틀 모든 방향에서 사건 사물을 파악한 후 내용을 깊이 '통찰한다'라는 말과 상응되는 뜻이다. 시는 객관적이고도 특별한 관찰에 의한 내면적 자기 성찰에 따라 대상물을 매우 새롭게 만들어 낸다. 흔한 '사과'지만 이것을 중요하게 여기며 손에 들고 한참동안 골똘히 생각해 본다. 이런 사색의 결과로 만들어진 시가 '사과'다.

1
몸뚱이는 다 같은데
상중하로 나뉜다
2
상품이란 사과는
강남으로 팔려가고
종로구로 팔려 간 중품이 인기 있다
3
강서구로 팔려 온 하품사과 한 상자
시집간 딸 함 속에
알뜰히도 담았다
4
부자들 가진 입은 상품만 골라 먹고

중품을 먹는 입은 중산층의 것일 테고
하품을 먹는 입은
배고파서 먹는 건가
5
한 어미젖을 먹고 함께 크던 붉은 사과
같은 나무에서 자랐지만
이렇게 차별 받는다

　　　　　　　　　　　　－「사과」 전문－

　시인이 파악한바 열매는 한 나무에서 같은 시기에 꽃
으로 피어 동시에 익어간 결과물들이다. 그런데 품질로
구분되어지면서부터 상·중·하로 분리된다. 문제는 '같
은 나무'라는 데에 시의 주안점이 구체적으로 착근되고
있다. 즉 여기서 시인이 선택한 시적 표현의 소재인 '사
과'는 단순히 사과 만으로서의 '사과'가 아님을 4연)으
로 파악할 수 있다. 사과를 보고난 후 이어진 사유의 시
적 노림수가 다른데 있음을 확실히 나타낸다. 상품과 중
품 그리고 하품, 이러한 분리는 곧 사람을 빗대어 하는
말이라는 것에 우리의 이해가 도착하게 한다. 5연)에 와
서 마침내 시인의 뜨거운 토로가 표현되고 있다. 즉 사
과=사람인 것이다. 어차피 차별되어지는 인간 사회지만
너무 표 나게 홀대하지 말라는 말을 강조함으로 결구한
시라는 것을 필자는 지적한다. 화자의 심중을 여실히 실
어 고스란히 밖으로 드러내놓은 좋은 시다.

3. 경험과 의지를 역설하다

시 창작의 기본은 시인이 체험하고 겪은바 수많은 경험 중에서 어느 하나로부터 시작한다. 이러한 결정이 정신적 차원으로 격상된 결정체를 이루면서 구체적인 시적 발아를 시작하게 된다. 체험이란 희로애락에 관계되는 상황뿐만 아니라 타인과의 관계, 사회적 문제 등 즉 개개인의 삶과 직간접으로 연결되는 제반 사건을 총칭한다. 경험은 진리나 진실을 알게 하고 복종과 순종 그리고 도전과 응전의 태세를 준비하게 한다. 지현경 시인이 살아오는 행로의 현 시점에서 본인이 겪었고 깨달은 정점을 '절벽의 노송'이라는 시로 전이시켜 표현하고 있다.

1
산허리 휘어 감고
우뚝 서 있는 저 노송
태초의 절벽을 정원 삼아 서 있네
2
걸리적거림 없는 위아래
명당으로 여겼기 때문인가
3
아침 햇살 맑은 공기
살갗을 스쳐 가면

온종일 생기 얻어 천년을 준비한다
4
비바람 몰아쳐도 넘어지지 않았고
폭설이 쏟아질 때 묻힐 일이 없었으니
죽음 모르고 산다한들
가로막을 걱정 하나 없네
　　　　　　　　　－「절벽의 노송」 전문－

　시에 있어서 문학성이 있느냐 없느냐의 판단 기준은
상징과 은유에 있다. 쉽게 말하자면 시란 실은 자기 자
신의 말을 다른 상관물 즉 대용물을 차용하여 이야기
하는 것이다. 이런 측면에서 보면 시 창작은 자아를 떠
나서는 이루어질 수 없는 것인데 그렇다고 매 문장마다
'나我'라는 일인칭 대명사를 사용할 수 없는 노릇이
다.(이런 것을 중복 사용하면 시가 한 없이 느슨해지거나 처지고 만다.)
그래서 대체물(상징물)을 전면에 내세워 은유라는 방식
으로 돌려 말하는 것이다. 이러한 관점에서 예시 '절벽
의 노송'은 과연 무엇을 뜻하는가를 살펴보기로 한다. 1
연)의 핵심은 '절벽을 정원으로 삼은' 노송老松이다. 절
벽이란 원천적으로 정원이 될 수 없는 기형적 모양을
가지고 있는 자연물이다. 이처럼 험하고 절박한 현실을
절벽이라는 환경으로 변용해 놓았다. 절벽을 정원쯤으
로 여기고 뛰어넘었으면서도 오히려 아무 일 없었다는

듯 얼굴을 바꾸는 이 여유 만만함을 자신 있게 읊조리고 있다 하겠다. 그런데 이 같은 말을 할 수 있다는 것은 수많은 경험과 체험을 겪어 온 용사, 소위 백전노장이기에 할 수 있는 말이다. 2연)에 와서는 이를 짐짓 더욱 유유자적한 모습으로 달관의 심경을 드러내고 있다. '명당'으로 표현함이 이것이다. 어떠한 흉지兇地까지도 화자는 명당明堂으로 여기고 살아 온 것이다. 이것은 화자의 대승적大乘的인 배포와 철저한 진취정신을 말하고 있는 것으로 이해되어지는 문장이다. 절벽과 같은 환경 조건은 아무나 싸워 이길 수 없다. 누구나 꺼리는 그곳이기에 이곳을 정복한 화자의 성취감은 오히려 산소와 같은 공기를 마시는 것처럼 큰 쾌감에 젖는다. 사실 절벽이란 쉽게 오르지 못하는 단애斷崖의 지역이라 무공해의 청정지대이기도 할 것이다. '온종일 생기를 얻어 천년을 준비한다.(3연3행)'함이 이러한 내용과 맞아떨어진다. 비바람과 폭설이 절벽이라는 벽과 한데 어우러져 숨을 앗아갈 정도의 시련으로 노송을 수시로 괴롭혔다. 그러나 그는 죽음조차도 두렵지 않게 여기는 결연한 각오를 지니고 악조건을 통과했다(4연).

여기서 시인이 상징과 전제로 내세운 '노송老松'은 과연 누구일까. 바로 시인 그 자체인 것이다. 본인의 역경이 점철된 삶과 철저한 주관적 인생관을 이 시 한편에 모두 쏟아 붓고 있음을 알 수 있다. 그래서 이 시를 문학성이 짙은 작품으로 선작選作하고 싶을 뿐만 아니라 이 시집의 대표 시로 꼽아도 손색이 없다 하겠다.

4. 양보와 긍정의 자각적 수용성

자기 의사를 첨예하게 주장만 하던 시절은 지나갔다. 적어도 60세까지만 해도 사람들은 자아적 존재에 대한 가치관의 고집을 멈추지 않는다. 그러나 세월이 단순히 자기주장의 예각銳角을 무디게 한 것이 아니라 그만큼 나를 알고 남도 알며 둔각鈍角이 되게 한 것은 사회적 오랜 경륜이다. 인생이란 무엇일까 라는 것에 대하여 더욱 성찰하게 되면서부터 날선 눈길이 점차 부드러워지게 만드는 것 또한 연륜이다. 반발과 아집에서 차츰 긍정과 수용의 여지를 넓혀가게 되는 것도 나이를 먹음일 것이다. 시인은 이제 모든 문제를 수용하는 자세에 접어든다. 예시 '돌아보니'를 살펴본다.

1
낮은 자세로 살아가면
마음에 금빛 나고

하던 일 꽉 막히면 잠시 쉬며 생각한다
2
친구들과 언쟁할 땐 이해해 들어주고
거친 친구도 정 주면
눈물을 흘리더라
3
세파를 헤쳐 가면 영광이 기다리기에
뜻을 정해 일념하면
장승도 인간 된다

　　　　　　　　－「돌아보니」 전문－

'낮은 자세(1연1행)'이다. 이는 겸손을 말함과 동시에 타인에 대한 배려와 의사 수용, 그리고 포용의 심리상태임을 먼저 제시한다. 즉 알고도 져주는 것이 이기는 것이라 했지 않았는가. 2연)에서는 친구들과의 언쟁이 나오고 거친 친구도 거론하고 있다. 그 어떤 긴장된 상황에서도 이해하며 들어준다는 폭 넓은 심적 지경을 말하고 있다. 타자에게 따뜻한 음성으로 대해주며 뜨거운 정을 줌으로써 거친 친구도 마침내 눈물을 흘리게 한다. 상대를 감동케 하는 힘, 이러한 힘을 소유하게 됨으로써 화자는 세상을 이기는 또 다른 비력秘力이 있다는 것을 터득한 것이다. 시인의 대인관계에 있어서 그 관용과 처세의 용량이 이제 이만큼 넓어졌다는 의미이기도 하다. 그래서 세파를 극복하게 되며 그 끝에 영광이 기다리고(3연 1행) 있다는 것을 확실히 증거하고 있다 하겠다. 이 시에서 은유를 표본적으로 사용한 행이 바로 4연3행)인데 즉 '장승도 인간 된다'이다. 상대에게 감동을 주면 인간이 아닌 장승도 마음이 움직여 반응한다라고 하면서 양보와 긍정의 시적 방점傍點을 이러한 은유로 표시하고 있다. 시인 지현경이 달관으로 향하려는 마음가짐의 행로를 충분히 알게 하는 시다.

5. 시대를 반영하는 시사성의 시

동시대에 사는 시인도 현실에 대하여 무관심할 수만은 없는 것이다. 평범한 일상사라도 주의 깊게 바라보는 안목을 가진 시민의 한 사람으로써 어떤 사안에 대하여 즉시즉시 말하지 않고 있을 뿐이다. 그러나 결코 끝까지 방관적 입장만 취하고 있지는 아니한다. 불의나 삐뚤어진 관행, 또는 옳지 못한 흐름에 대해서는 필筆로써 분연히 들고 일어서는 양심자적, 열사烈士적 성품을 지닌다. 이러한 것이 문인으로써 토해내는 현 시국에 대한 대립각적 고민의 표출이다. 지池 시인詩人 역시 본인의 시 가운데 많은 분량이 세간에 대한 비꼼과 고언, 그리고 충고의 일침을 가하고 있는 내용으로 되어 있음을 볼 때 그렇다. 이것은 그의 경험에 따른 유추적 예견과 예지적 선견에 의한 것으로 봐도 무방하다. 시대흐름과 모순에 대한 직관적 성찰과 감성적 성찰 사이에 발생하게 되는 충돌과 갈등 끝에 쓰게 된 시가 '민초들의 함성'이다.

1
구름이 모이면
비나 눈으로 변하고
말들이 모이면 소리의 공해 된다
2
눈비는 생명의
영양분이 되는데
말들이 많아지면 헐뜯어 상처 준다
3
소인배들이 만나면
쌈박질이나 하려 들고
군자들은 마주앉아 나라를 걱정한다
4
국회의원 지식이란
중매쟁이를 능가하고
충신들의 전문지식은 나라를 살려간다
5
듣거라 정치인들아 민초들의 함성을
권력 물욕 버리고
외침의 소리를 들어라

6
파도처럼 밀려오는
엄중한 소리에 귀 기울이라
　　－「민초들의 함성」 전문－

　1연)에서 뜻하는 키포인트key point는 말들이 많이 모이면 여론이 된다는 것이다. 이 여론이란 어느 땐 오염된 정보에 의해 잘못 조작되기도 한다. 그래서 개인이나 사회에 큰 피해를 주는 엄청난 '공해'도 되지만 정확한 정보에 따라 타당성과 정당성을 인정받으며 바람을 타게 되면(여론몰이) 무서운 함성이 된다. 여론이란 말(음성기호)의 무리(crowd)인데 이러한 말들은 선의와 악의 그리고 완전 무고 등 다양성을 가지고 있다. 2연) 3연) 4연)에 와서 극명하게 드러낸 양극인 두 부류의 인물들을 대칭시키면서 시적 효과를 고조시킨다. 이것은 사회적 문제의 대표적 지적으로 선택한 것인데 이를 점층적 수사기법으로 진술하며 강조하고 있다. 이 시는 굴절과 변절 아울러 비리로 뒤범벅이 된 정치꾼들을 향한 따끔한 일갈이요 쓴 소리다. 정가政街의 불미스러운 현실과 한심한 작태를 바라본 화자의 시각을 '민초들의 함성'이라는 시로 꾸짖음과 함께 대오각성을 촉구하고 있는 것이다. 시대상의 일면을 반영한 작품으로 많은 공감을 불러일으키게 하는 경고의 시로 남을 것이다.

나가는 말

시는 도道다.

하지만 상차원의 시 정신에 이르는 길은 정도定道가 없다. 정도가 없다하여 그렇다고 상투적이거나 마구잡이로 시를 써서는 좋은 글이 되지 못한다. 없는 정도이기에 정도正道를 스스로 찾으며 가야 한다. 그래서 쉬운 길이 아니다 라는 것이다. 여기엔 절차탁마切磋琢磨가 필요하다. 절차탁마의 과정이 수련이고 이러한 경로를 따르다 보면 결국 본인의 마음을 다스리는 자세에 임하게 된다. 마음을 다듬고 쪼는 조탁彫琢의 길을 지현경 시인이 가장 낮은 자세로 찾으며 나가고 있다. 이렇지 않고서는 이해와 수용, 포용과 배품의 의지를 담은 시가 나올 수 없다. 공자가 말했듯이 여기서 더 나아가면 사무사思無邪의 경지에 다다르게 된다는 것이다.

시에는 완성이 없다.

따라서 완벽이란 것도 없다. 지성과 감성이 영성으로 승화된 후 문자라는 기호를 이용하여 일정한 형식으로 구체화시켜 나타내 보이는 것이 시인데 이는 사람의 마음 한 가운데서 싹튼다. 그러나 사람 자체가 섭리적 불완전체로 생명이 유한할 뿐만 아니라 심성 또한 순간순

간 일정하지 못하기 때문에 늘 복잡성이 대두된다. 그러므로 전체의 철저한 완성을 꾀하기 보다는 어느 한 부분의 핵심을 시답게 출력해 내면 좋은 시가 되는 것이다. 지현경 시인의 첫 시집에 올린 시들을 천천히 음미해 보면 이러한 과정과 흐름을 곧바로 만나게 된다.

시인은 늙어도 시는 늙지 말아야 한다.
생이지지生而知之 자는 애초부터 성인의 지혜와 재능을 타고 나지만 학이지지學而至知 자도 대현大賢에 이를 수 있다 했다. 천리마는 하루 만에 천리 목표지에 도달하는 말이다. 이에 못잖게 보통 말馬도 길을 찾아가며 열흘을 달리면 그 목표점에 닿는다. 도달到達, 이것이 최고의 선善이다. 무엇을 뜻하는가 하면 바로 애씀과 노력을 말함이다. 어느 사람은 일찍 시인의 길에 들어서지만 또 그렇지 않은 사람도 있게 마련이다. 인생의 출발점은 나이에 있지 않다. 출발은 늦게 했다 해도 주행하는 운동력은 늘 푸르면 된다. 그래서 생명력과 진취성 창작성이 시에 녹아 항상 살아 있게 해야 한다. 중간에 나약해지거나 타령조, 회한조가 된다거나 또는 변조 변질, 변형되어서는 안 된다는 말이다. 지현경 시인은 이것들을 이미 알고 있음이 작품 곳곳에 드리워져 있어 기쁨을 느낀다. 시 한 편 한 편마다 힘이 있음도 장점이다. 적극적이고도 강한 의지가 시 전체를 관류하고 있다는 것에 아낌없는 찬사를 보낸다.

끝으로 지 시인의 시에는 해학과 풍자적 면모가 서려 있는 작품이 많음을 읽을 수 있다.

그래서 독자들을 웃게 하고 머리를 끄덕이게 한다. 시에 남다른 재미성을 가미하고 있기 때문이다. 이러한 시류詩流는 지적(指摘 / indicate)과 충고, 그리고 훈계와 경고성을 띄게 되는데 그만큼 이 사회에 대한 깊은 관심의 표출이라는 측면에서 특이한 시풍을 만들어 가고 있다.

시인이 이처럼 자기의 첫 시집을 낸다는 것은 끝맺음이 아니라 본격적인 시작이다.

앞으로도 좋은 시를 실은 시집들이 세상 다하는 날까지 줄기차게 이어지기를 진심으로 기대한다.

洞村의 바람소리

초판 인쇄 · 2015년 9월 23일
초판 발행 · 2015년 9월 30일

지은이 | 지현경
펴낸이 | 서영애
펴낸곳 | 대양미디어

출판등록 2004년 11월 제 2-4058호
100-015 서울시 중구 충무로5가 8-5 삼인빌딩 303호
전화 | (02)2276-0078
팩스 | (02)2267-7888

ISBN 978-89-92290-87-6 03810
값 13,000원

이 도서의 국립중앙도서관 출판예정도서목록(CIP)은 서지정보유통지원시스템 홈페이지
(http://seoji.nl.go.kr)와 국가자료공동목록시스템(http://www.nl.go.kr/kolisnet)에서
이용하실 수 있습니다.(CIP제어번호 : CIP2015024699)